# FUTARI 01 SWITCH

Akira Hiramoto

Aus dem Japanischen von Jens Ossa

# Inhalt

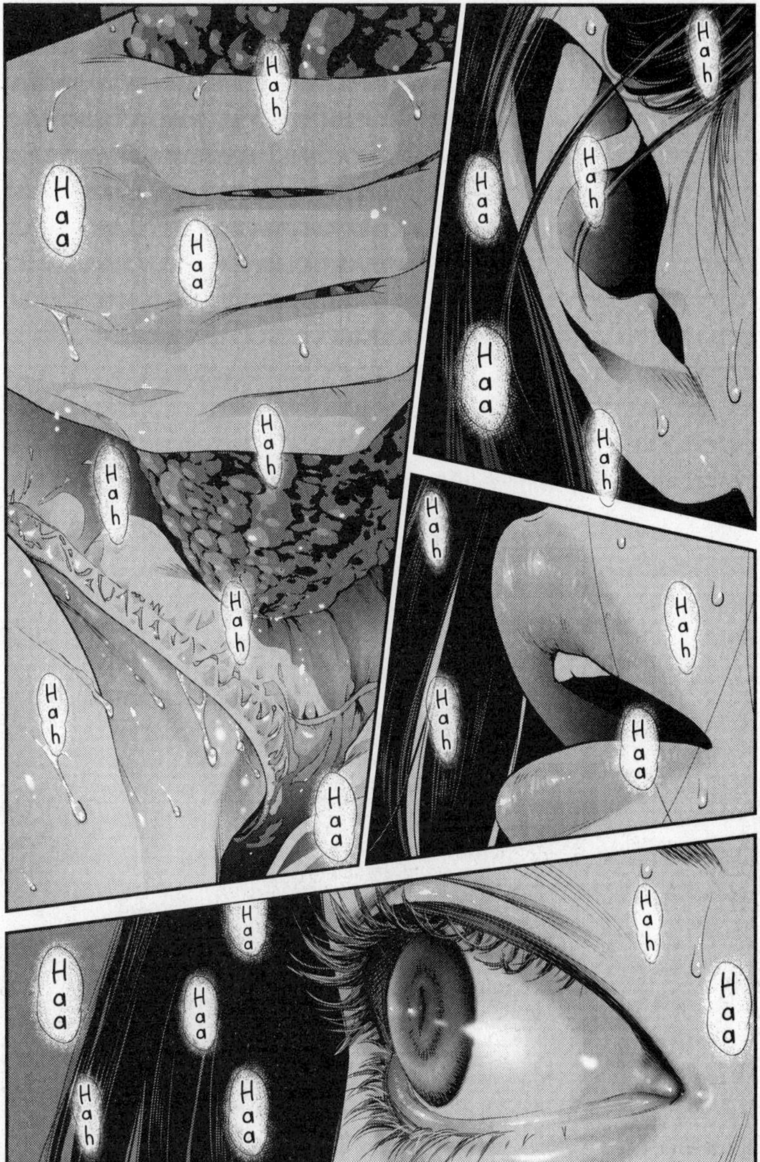

Hah
Hah
Haa
Haa
Hah
Hah
Haa
Hah
Hah
Hah
Haa
Haa
Hah
Hah
Hah
Hah
Haa
Hah
Haa
Haa
Haa
Haa
Haa
Hah

# Kapitel 1: Shinichi und Ichigo

Hah
Haa
Hah
Hah
Hah
Hah
Haa
Hah
Haa
Hah
Hah
Hah
Haa
Hah
Haa
Haa
Hah
Hah
Hah
Haa
Hah
Hah
Haa
Haa
Haa
Haa
Haa
Hah
Haa
Hah
Haa
Haa
Haa
Haa

* Gurkenart, auch als Bittergurke oder -melone bekannt

GNOK
Hm? Was hast du denn?
Shinichi Motoyama
Frittiertes.
Oh, Frittiertes?!
Wusst ich's doch, du liebst das frittierte Zeug meiner Mutter!
Yeah! Her damit!
Und ich liebe die Goyagurken deiner Mama!
Die sind mir zu bitter.

Darf ich ein Stück?
Yuto Sato
ZUP
ひょい
Hey, was...
Natürlich nicht!
Nur eins.
Nein, verdammt!
Was meinst du, Ichigo?
ピクッ...
WUPP
Klar, hier!
Danke!
FWAP
Hey, spinnt ihr?!

Bitte.
Mm... lecker!
RSS
Gib das wieder her!
Mmmh
»Lecker...«
Yuto liebt Frittiertes! **Wie süß!**
*Und ich liebe ihn!*

Ihr scheint euch ja blendend zu verstehen.
Was?! Yuto und ich? So ein...
Nein, du und Shinichi.
Quatsch, das ist nur wegen der Gurken...
Dazu ist er gerade gut genug.
Ihr seid zusammen aufgewachsen, wie kannst du so was sagen?
Rino Takase
Was ist das? Goyagurke?

Ich will auch 'n Stück!
Klar, hier nimm!
Tesu Sokura
Haa
Haa
Hah
Haa
Hah
Tesu...
Hah
Haa
Hah
Haa
Hah
Haa
Haa
Haa
Haa

Haa
Hah
Sie mag meine Gurken!
Zwar nicht ganz so wie Ichigo, aber sie mag sie!
Mmmh, lecker!
Nicht wahr?
Sie hat »lecker« gesagt, »lecker«!
Tesu mag meine Gurken! Zwar nicht so sehr wie Ichigo, aber sie mag sie! Lecker findet sie sie!
TIP TIP
TIP TIP

Tesu liebt meinen Goyagurken-mix...
ドキ BABUM
ドキ BABUM
ドキ BABUM
ドキ BABUM
Und ich...
Ich liebe...
... Tesu!
I love you!

ZUCK
Was machst du da?!
Wuuu-aaah!
Ist ja voll krank!
Was fällt dir ein, auf meine Notizen zu gaffen?!
Ich gaffe nicht! Ich wollt dir nur deine Lunchbox zurückbringen!
Ah... ach so... Wo ist Yuto?
Zurück in seiner Klasse.
Wenn du Tesu so gern hast, dann sprich sie doch mal an.
Kann ich nicht!
Sprich du doch Yuto an!

Yuto? Warum sollte ich?
DOTSCH
**Auaaa!** Kaschier deine Lügen nicht mit Gewalt, ist 'ne schlechte Angewohnheit!
**Welche Lügen? Ich weiß nicht, wovon du redest!**
BOFF
**Da! Siehst du?!** Du schlägst mich schon wieder!
2-C
2-D
1-D

Hey, Ichigo, kommst du mit zur Comedy-Show?
Klar, hab nichts vor.
ZUCK
Sag mal, Shinichi, kann ich heut wieder mit zu dir?
Klar, spielen wir Catan.
Nicht lieber Smash Brothers?
Ups! Sorry, Rino, ich kann doch nicht mit, muss noch was erledigen!
Haah, kein Verlass mehr auf dich!
RACK

Ah...
Wie schön!
Endlich ...
Es ist Sommer!

Mit dem Fahrrad brauch ich von der Schule dreißig Minuten.
Mit der Bahn zwar nur die Hälfte...
... aber ich genieße diese zusätzliche Zeit draußen.

Das kann ich zu keiner anderen Jahreszeit...
Das kann ich nur jetzt.
Ich liebe den Sommer!
Und ganz besonders den Anfang.
BZZZ
Shinichi
Meine Mutter hat dir Goyagurken an die Tür gehängt.

Ich muss mich beeilen...
Schnell nach Hause...
Dort wartet er auf mich!

DASCH
So, so...

Und Ichigo steht auf deine Goyagurke?
Lass die blöden Anspielungen.
Haa
Hah
KASCHONK
Hah
Haa
Hah
Hah
KLAPPER
Haa
Haa
Hah
Haa
KLAPPER
Haa
Hah
Hah
Haa
Haa
Haa
Hah
KLOMP
Hah

Außerdem sind es nicht meine Gurken, sondern die meiner Mutter.
Okay, okay, sie mag die Gurken deiner Mutter.
WAP
Falsch!
Es sind weniger die Gurken...
GWITSCH
Sondern eher Yuto...

Ich liebe ihn!
Haa
Hah
Haa
Hah
Haa
Haa
Hah
Haa
Hah
Haa
Hah
Haa
Hah
Puh, rechtzeitig geschafft!
Und ich liebe es zu lauschen, wenn er nebenan bei Shinichi zu Besuch ist!
Ganz schön heiß.

Die Klimaanlage ist schlecht eingestellt...
Ich mach das Fenster auf.
Gute Idee, kannst du mir auch ein T-Shirt leihen? Meins ist vollgeschwitzt.
Klar, kein Ding.
?!

Yuto...
Yuto leiht sich ein T-Shirt aus?!
Ich seh ihn vor mir!
Er zieht sich um, weil er schwitzt?!
Seinen Bauchnabel, die Brustwarzen, das Schlüsselbein...
Die Bauchmuskeln, die Achseln...
Hah Hah Hah Hah Hah Hah Hah
Das alles hinter dieser Wand! Moment, was kann ich tun, um...!
Hah Hah Hah Hah
FLOFF
Wie kann ich...

TSCHAK
Puh, ist echt heiß...
...
Eine Gurke?
Was macht die denn hier?

?!
Zuck

ズル…
SLUP

BLAM!!

DOMP
Shinichi?
Ach, du Scheiße...
TSCH

TSCHAK
Shin-ichi!
Was war das denn?
TOMP
Warst du nicht eben noch aufm Balkon?
...
TOMP
TOMP
TOMP
Shin... ... ichi?

Mm
...
BZZZZ
...

IEEEK
TSCHAK

Hey, Alter, lass los!
Hah
Haa
Hah
Haa
Haa
Hah
Haa
Hah
Haa
Hah
Haa
Haa
Hah
DUMPA
Haa
Was ist denn in dich gefahren?!
Hah
DUMPA
!
Ichigo ...
Hilf mir! Bring ihn zur Ruhe, er dreht durch!

Ichigo! Hörst du mich nicht?!
ROMP
H... Hör auf, Shinichi! Was zum...
DOMP

Hey, ich werd gleich sauer!
DUMP
WOMP
Aber echt!
BATSCH
Hör auf!
Mir reicht's, ich hau ab!
DONK
Warte, Yuto...
Nur einen Moment!
KLOMPA
Willst du mich verar-schen?!

Yuto!
DASCH
SLUP
Es tut mir leid!
Heh...

Warum ziehst du mich aus?
Weil's heiß ist?

Ja, richtig... es ist heiß...
Sehr heiß.
FLITSCH
Hey, und was wird das jetzt?!
Lass mich, ist doch nur ein Traum.

Ach so...
Eben.
Uah!
Voll der Pelz!
Der ist echt, oder?
RUB
RUB
...

Lass das!
PATSCH
Fass mich nicht an!
Das ist kein Pelz!
Irgendwie sind wir vertauscht...
Du und ich.
Wah, dein Pimmel fühlt sich voll unecht an!

Er hat sich nicht verändert, seit ich dich in der ersten Klasse nackt gesehen hab!
SWOSCH
Ein Zeitrei-sen-Schwanz, für den die Zeit stehen geblie-ben ist!
Und was für 'n Busch! Man kann ihn ja gar nicht sehen!
SCHLUCHZ
?!
Okay, sorry! Den Zeitrei-sen-Schwanz nehme ich zurück...
Aber deswegen heulen? Du hast auch ge-sagt, ich hätt 'nen Pelz!
Also krieg dich wieder ein!

Sag mal...
Warum bist du eigent-lich wie immer?
?
Ich meine, wie kannst du jetzt so ruhig bleiben?!
Weil...
Weil das nur ein Traum ist!
Also, wenn das kein Traum ist, müsste Yuto jetzt total sauer auf mich sein! Wir können ihn ja...
Weiß nicht, ich stand unter Schock nach dem Sturz, aber als ich dich dann sah, war mir klar, dass...

Vergiss es!
Du und ich...
Scheiße, tatsächlich...
Wir sind vertauscht!
TUP

ひょこ…
TUP
ひょこ…
TUP
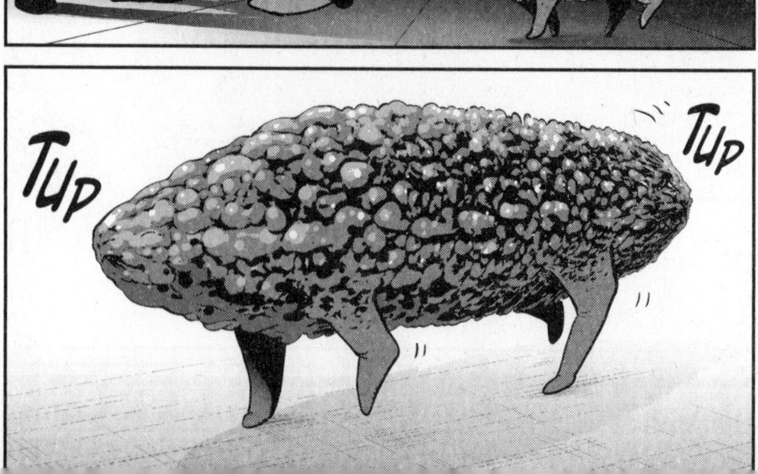
TUP
TUP

TUP
Sag mal, warum kann die Gurke da laufen?
Ist halt Goya-Saison.
TUP
GYUP
Saison hin oder her, für 'ne Gurke ist die mir zu lebhaft.
ZATTER
TATTER
HYUMM

DSCH
HH
SWIFF
DUP
TSCHUMM

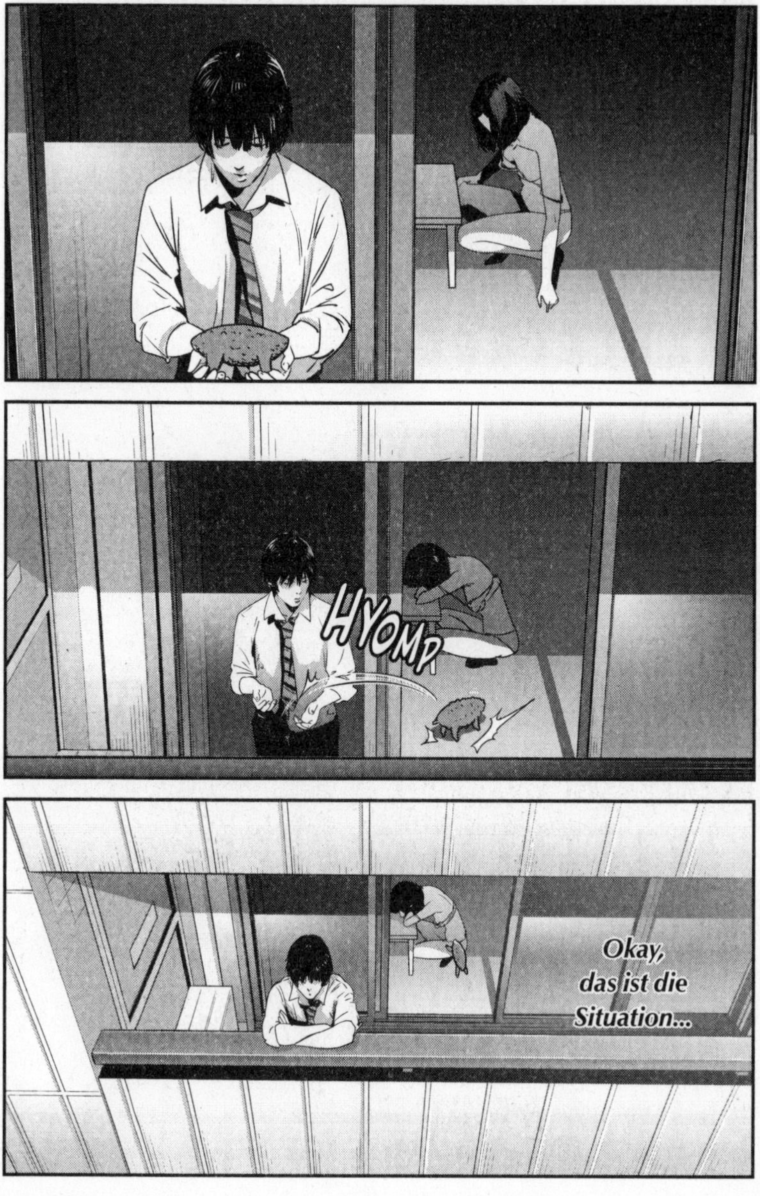
HYOMP
Okay,
das ist die
Situation...

Wir zwei stecken
im jeweils anderen
Körper und haben
uns einer wandeln-
den Goyagurke
angenommen.

Kapitel 2: Auf zur Schule!
So was...

Das versteh einer...
Was ist bloß mit uns passiert?
Und überhaupt ...
Was ist das?!
TUP
TUP
Das ist doch keine normale Goyagurke?!

Nein, nicht wirklich ...
GYUP
Goyagurken haben keine Beine.
Was bist du?
Warum zum Henker...
... kannst du laufen?
Hey, Shinichi ...

Ich brauch ein Bad ...
Jetzt!

Ein Bad?!
Jetzt willst du baden?!
Ja, kommst du mit?
Zu zweit?!
Mach's nicht komplizierter, als es schon ist! Wir sind immerhin vertauscht! Vielleicht wegen diesem Gurkending!
Hör auf zu jammern!
WAP
ZUCK
Und du hör auf zu brüllen! Du machst mir Angst mit meinem männlichen Körper!
BABUM
Was machst du auch für'n Drama, wo wir sowieso nichts ändern können.
BABUM
Ja, aber...
FLITSCH

Wie jetzt?! Auch noch ganz nackt?!
Nein, niemals! Und starr mich nicht so an!
Ach?! Vorhin konntest du nicht schnell genug aus meinen Klamotten kommen!
Da dacht ich ja auch noch, es wär ein Traum! Aber jetzt ist es Realität!
SLUP
SLUP
Ja, ins Bad geht man meistens ganz nackt, der Herr! Also, zieh dich auch aus!
Shinichi!
PATSCH

Wir wissen nicht, wie lange dieser Spaß noch andauert.
Irgendwann müssen wir baden, und aufs Klo müssen wir auch...
DO
Und zwar mit unseren vertauschten Körpern.
Es macht keinen Sinn, die Dinge aus falscher Scham aufzuschieben.

ド
BL
ド
ON
ド
ド
ド
ド
RD

DO

Ts...
Warum versteckst du meinen eigenen Körper vor mir? Nimm endlich die Gurke weg!
Und warum versteckst du meinen Körper überhaupt nicht? Ein bisschen Scham wär angebracht!
Was gibt's denn da zu verstecken?
RUBBEL
Nimm meine Finger da weg!
Hey!
GAPP

Untersteh dich, mit meiner Hand deinen Schwanz anzufassen!
Ich bring dich um!
KNIRSCH
Der erste Schwanz, den ich anfasse, ist garantiert nicht dein Würstchen!
Tsch... Tschuldi-gung!
GWITSCH
GWITSCH
Schätze, das muss erst mal unser Geheim-nis bleiben.
Muss es das?
Klar, stell dir vor, das wird bekannt.
GWITSCH

Sie würden uns zu Versuchskaninchen machen, im besten Fall mit Medikamenten vollstopfen, im schlimmsten aufschneiden.
Sag nicht so was!
HSss
Hab ich mal in 'nem Film von John Carpenter gesehen.
Nicht mal unseren Eltern dürfen wir es sagen?
Bloß nicht, sie würden uns ins Krankenhaus schleppen, dann ergeht's uns wie denen im Film.
Zum Glück kennen wir deine wie meine Eltern gut genug, sodass ihnen nichts auffallen dürfte.
Das Problem ist die Schule.
Stimmt, ich werde nicht mehr ungezwungen mit meinen Freundinnen reden können.

Du darfst nicht zu wild rubbeln, sonst tut's weh.
Schön die Kopfhaut massieren.
GWITSCH
GWITSCH
Ja, das fühlt sich gut an...
Könntest du immer machen.
Okay, so musst du in Zukunft die Haare waschen.
...
Ist schon ziemlich chaotisch, was?
Findest du?!

Das letzte Mal haben wir mit sechs zusammen gebadet.
Ja, ist fast wie damals. Jetzt ist es mir auch gar nicht mehr peinlich.
Siehst du?
Wird trotzdem so bald nicht wieder vorkommen, hast du noch Fragen zu den Baderegeln?
Hm...

Was soll nur aus uns werden?
Ach, ich seh das alles nicht so tragisch.

Nicht?
Auch wenn es für den Rest unseres Lebens ist?
Wieso? Ist doch spannend.
Mit diesem Körper kann ich mich prügeln.
Du spinn... äh... schön, dass du nach vorne schaust!
KRAAH
KRAAH
Danke, hör ich oft.

Aber vom Prügeln rat ich dir ab, ist mein Körper.
Machst du noch Kampfsport?
Eher sporadisch.
Und du? Spielst du noch Brett-spiele?
Catan...
Fast jeden Tag mit Yuto.
Das heißt, ich muss jetzt täglich mit ihm Catan spielen? Ich hab die Regeln vergessen!
Shit!
Der spielt das ja auch!
Ja, er hängt fast nur mit mir ab.
Wenn er die Sache von heute verarbeitet hat.
Richtig.

Ich hab ihn noch nie so wütend gesehen.
Regel das.
Hallo? Du bist schuld daran!
Du doch auch. Schließ-lich war es dein Körper, der ihn attackiert hat.
Vielleicht ist ja morgen früh wieder alles beim Alten.

Guten Morgen...
Morgen...
Und? Wie war's mit meinen Eltern?
Cool, gab was Leckeres zu essen.

Fährst du im Sommer nicht immer mit dem Fahrrad?
Schon...
Aber heute fahren wir lieber gemeinsam mit der Bahn, dabei können wir uns über unser Veralten abstimmen.
Apropos, wie bringen wir das mit Yuto wieder in Ordnung?
Gute Frage...
Was macht die Gurke?
Hab ihr etwas Wasser und Kartoffelsticks hingestellt.
Ob sie das frisst?
Ah...

Hier treff ich morgens immer Yuto.
Aber er ist nirgends zu sehen.
中華料理 五作
Tja...
Dann ist er wohl sauer.
Urks, ich will nach Hause!
Ich auch, aber Weglaufen ist nicht. Du musst ihn um Verzeihung bitten.

Yuto...
Los, geh zu ihm.
Ich?!
Natürlich du!
Und verplapper dich nicht, du bist kein Mädchen mehr!
HYUP
?!

HYUP
...
...
Oh, oh...
Nun mach schon!
Je eher, desto besser!
Ich kann nicht!
Puh, okay...
Hey, Yuto... warte mal!

Du drehst einen Film?
G... Genau...
Echt jetzt!
Na ja...
Und Shin-ichi hilft mir dabei, **nicht wahr, Shin-ich?!**
Aha...

Dann war das nur gespielt?
Shinichis Raserei gestern?
DUMPA
So ist es!
Und damit die Szene möglichst echt wirkt, haben wir's wie bei »Versteckte Kamera« gemacht! Tut mir leid!
Sag doch auch was, Shinichi!
Es ist meine Schuld, sei ihm nicht böse!
Also, nee...
J...Ja, so haben wir's gemacht, sorry noch mal!
Hehe...

TSCHOK
BABUM
Du bist mir ja 'ne Pflaume, ey!
Was macht ihr bloß für Sachen?!
Ich meine, ist 'ne coole Idee mit dem Film, Ichigo!
Hff
Hff
Hff
Hff
Da helf ich doch gern! Warnt mich das nächste Mal nur vor!
Und ich dacht schon, du wärst total durchgedreht!
Gehen wir 'ne Runde pissen?
Puh, das hätten wir schon mal, Yuto ist doch ein feiner Kerl.
Hoffe nur, Ichigo kriegt das mit dem Klo hin.
Haa
Haa
Hah
Haa
TIP TIP

Guten Morgen, Ichigo!
BABUM
T...T... Tesu!
Hiark!
Oh, hab ich dich erschreckt?
A... Ach was...
E...Einen schönen guten Morgen...
So höflich heute!
Alles okay mit dir?

Oh...
Verdammt!
Was hat mich nur geritten, mit Tesu...
... mit Yuto...

Hff
Hff
Hff
Hff
Hff
BABUM
BABUM
Hff
Hff
Hff
Hff
Hff
Hff
Hff
Hff
Hff
... aufs Klo zu gehen?!
BABUM
BABUM
BABUM

Datsch
Nein!
ドキ
Babum
ドキ
Babum
Nicht hinhören!
Linz
Nein...
Hyup
Nicht...
Nicht hingucken!
Aber... wie geht das überhaupt?!

Scheiße!
Wie mach ich das denn jetzt?!
Nicht dass ich noch nie im Stehen gepinkelt hätte...
Aber da hatte ich nichts an! Wie holen die das Ding aus der Hose?!

Linz
Muss doch gucken...
Hyup
Nein!
Bei Shinichis Schwanz denk ich mir ja nichts, aber wenn ich Yutos sehe...
Jetzt krieg ich auch noch voll den Harndrang!
Hätte Shinichi fragen sollen, wie man im Stehen pinkelt!
Verdammt, irgendwas muss ich tun!
ズルッ
SLUP
?!

Hehe!
Haha, scherzt du schon wieder?
Oder ist das dein neuer Stil?
Okay, falsche Entschei-dung!
ZUP
ZUP
Haha, hab ich dich er-schreckt?
Kann man so sagen.
*Also noch mal, wie macht das ein Mann...*
*... ohne die Hose runterzuzie-hen?*
RAFFEL
RAFFEL
*Und ohne sich dabei zu be-kleckern? Das erfordert viel Geschick!*
RAFFEL

Ah, da ist doch was!
RAFFEL...
Ich hab's!
Eine Öffnung!
Durch diese Öffnung sagt der Kleine also Guten Tag!
Okay, dann mal guten Tag!

BAMM
BAMM
ZUCK
?!
?
Wa... Was denn?!
Ichigo!
Muss ich erst gegen die Wand schlagen, damit du mich hörst?! Ich ruf dich schon die ganze Zeit!
Tesu!
Hast du noch Klo-papier? Meins ist alle.
O...Oh ja, natürlich! Warte, ich gebe dir welches!
Hihi, schon wieder so höflich.

ドキ
BABUM
Die Ohren muss ich wohl nicht mehr zuhalten.
ドキ
BABUM
Gut, dass ich Tesu helfen konnte.
Haa…
Auf die Erleichterung muss ich erst mal strullen.
TIP
Ein Bidet! Hab ich noch nie benutzt.
SCHHH
…
Ups, das Klopapier!

Komm, sag Guten Tag!
RAFFEL
RAFFEL
もぞもぞ
RAFFEL
RAFFEL
Warum zierst du dich?!
Hier zur näheren Erläuterung: Ichigo hat Shinichis Schaft nun unfallfrei aus der Hose bekommen.
Doch aus ihrer Sicht bildet er eine Einheit mit den Eiern!
Folglich glaubt sie, dass sie nur pinkeln kann, wenn die komplette Gerätschaft draußen ist, weshalb sie noch mit dem gesamten Hodensack zu kämpfen hat. Für alle, die mal in ihre Lage kommen: Die Eierchen müssen nicht Guten Tag sagen!
Normal: Nur der Schaft sagt Guten Tag.
Richtig
Ichigos Irrtum: Schaft und Hoden sagen Guten Tag.
Falsch
Die meisten ziehen die Unterhose runter.
Fakt

Du hast mich echt ganz schön erschreckt gestern.
Haha...
Es ist völlig unmöglich, alles durch den Schlitz zu bekommen. Gibt's für Jungs eine Spezialausbildung darin?
RAFFEL
RAFFEL
RAFFEL
RAFFEL
Verdammt, er ist längst fertig!
Tut mir leid, dass ich dich getreten hab.
Haha...
Das kann doch nicht wahr sein!
Sorry, Shinichi!

PLOSCH
HH
キュッ!!
URK
PITSCH

手をしっかり洗いましょう*
Uah! Neiiin!
*Ordentlich die Hände waschen!

PSCH
HH
Awa-aaa-wa...
Es hört nicht auf!
Alter, was machst du da?!
KRACK KRACK

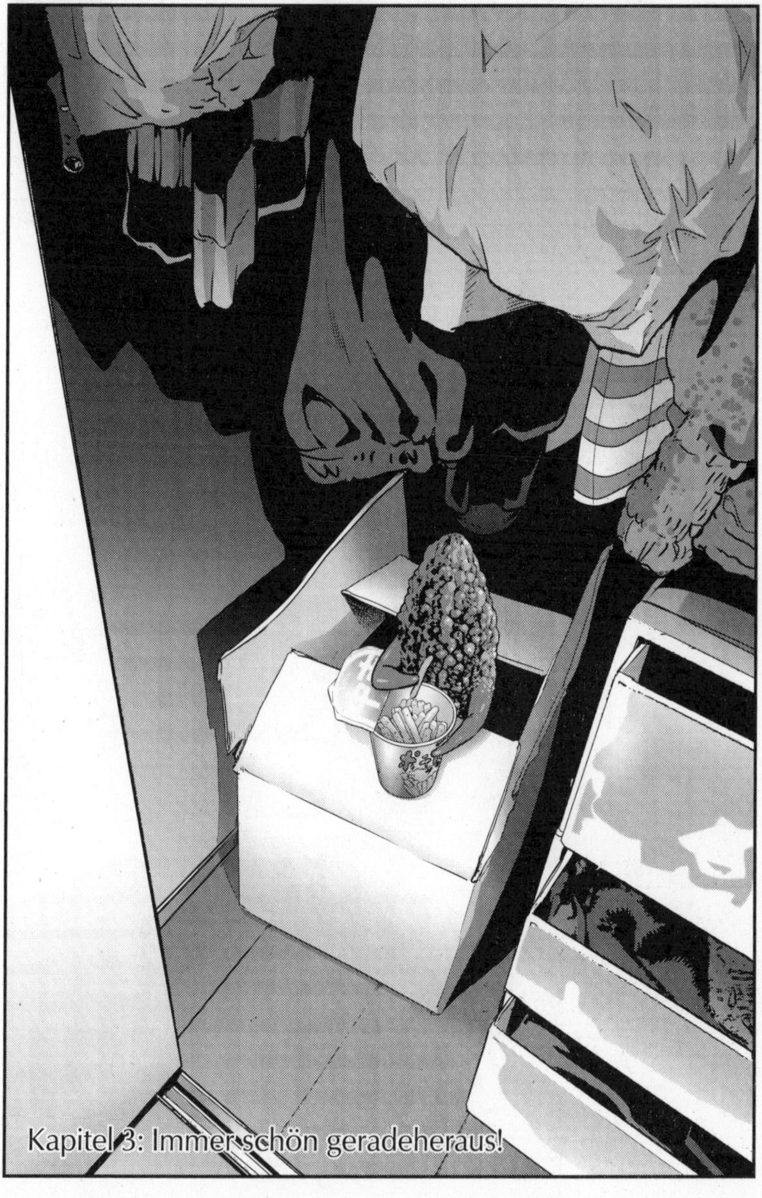
Kapitel 3: Immer schön geradeheraus!

Sorry, Shinichi!
Ich hab's versaut!
Sorry, Ichigo!
Ohne Klopapier sollte man kein Bidet benutzen.
ZUP
ZUP
びっしょり…
DLISCH

Awa-
aaa-
wa...
Alter!
Lauf weg, Yuto! Ich kann's nicht anhalten!

Beruhig dich!
Nicht so wild!
Hau ab!
GYUP
Hilfe!
Hah
Haa
PITSCH
Haa
Hah
Hah
Hah
PITSCH

手をしっかり
洗いましょう
ピ… DITSCH チョン…
Hey Mann! Hast du vergessen, wie man pinkelt?
Yuto...
をしっかり
いましょう
Sorry...
Aber die Eier...

Du hast was?
Die Eier nicht durch den Schlitz gekriegt?
SCHLUCK
Ha-ha-ha!
Warum holst du zum Pinkeln die Eier raus?! Haha!
Hehe, ich wollt sie halt raus haben.
Okay, die Eier bleiben drin!
Du bist lustig! Haha!

DRSCHHHH
Ichigo... was drehst du so doll auf?
Tschuldige, hab ich dich nass gespritzt?
Nee, aber dich! Bis zu den Füßen!
Dumm gelaufen, hehe...
*Puh, jetzt denkt sie zumindest nicht, ich hätte mich eingepullert.*
びっしょり…
PLITSCH

Sollt ich vielleicht auch ma- chen...
Ah Tesu, hier bist du!
Hab gehört, einer aus der Elften ist scharf auf dich?
Rino! Was zum...
Wer wagt es?!

Jhanbo's
Manager
Monji Akagawa
Eine Visiten-karte?
Er hat sie mir gegeben und mich auf ein paar Sushi eingeladen.
Eine Einla-dung zum Sushi-Date...
Von 'nem älteren Typen mit Visitenkarte!

Ist das der Typ? Der da so komisch nach oben schaut?
Ja...
...
Sieht doch gut aus.
Na ja...
Gut? Typ Arschloch, würd ich sagen!
Auch nach Tesus »Na ja« zu schließen, kann er so toll nicht sein.
Jinanbo's
Monj
Was ist Jinanbo's? Ein Geschäft?
Vielleicht vertritt er ein Team oder so was.
Keine Ahnung, auf jeden Fall macht's was her.
Das Arsch-Team höchstens. Ich hingegen will mal die japanische Catan-Liga vertreten!
Ob ich dann auch angesagt bin? Wohl kaum, die Mädchen lieben ja immer die Arschlöcher. Tesu ist da keine Ausnahme.

Ist auch egal, ich hab ihm ’ne Abfuhr erteilt.
赤川 紋

Sie ist doch eine Ausnahme! Oh Tesu!
Mein Stern in einer Welt voller Arsch-löcher!

BZZZ
Ichigo?

Du...
GLISCH
GLISCH
Ups...
... hast zu viel Lippenstift drauf.
War gerad in Gedan-ken...
Haha, du bist heut echt schräg!
Komm, ich mach das.
Äh...
RÖTE

Tesu ist die Erleuchtung! Ein Engel!
Sie macht mir die Lippen! Dafür allein lohnt es sich zu leben!
Wie gut es ist, in Ichigos Körper zu stecken!

DONG
DENG
DONG
DING
Piep, piep, piep, guten Appetit!
*Dass ich je mit ihr gemeinsam essen würde!*
Hier, Ichigo...
Probier mal mein Hühnchen, hab ich selbst gemacht!
*Oh mein Gott!*

Jetzt füttert sie mich auch noch!
Eine Stunde bei 62 Grad gegart.
Aah, ist das zart...
Wie gut, mit Ichigo getauscht zu haben!

Hey, Tesu!
Lust auf Goyagurke?

Allerdings macht sie mir mit meinem Körper nicht viel Ehre. Wie plump sie Tesu anquatscht!
Bist du so eng mit ihm?
TUSCHEL
Nein, gar nicht!
Jetzt zerreißen sie sich die Mäuler über mich!
ROMP
Aber Tesu, du magst doch Goyagurken! Als ich... äh... Ichigo dir gestern meine gegeben hat...
Jedenfalls sind sie heute gebraten!
Na, toll! Jetzt hat sie sie in Verlegenheit gebracht!
Danke, ist nett gemeint, aber...
Sag mal, warum läufst du eigentlich im Jogginganzug rum?
Ach, kleiner Unfall beim Pinkeln...

Was heißt das?
Das, was es heißt...
Kleiner Unfall beim Pinkeln, hab mich vollgestrullt!
Der Jogginganzug ist von Yuto, er hat ihn mir geliehen.
Er ist der netteste Mensch der Welt, ich sag's euch!
Pinkelunfall?! Vollgestrullt?! Was redet sie da?! Das ist mein Ende!
Mein Leben als Shinichi Motoyama ist endgültig vorbei!
Hahaha!
Ich glaub's nicht!
DATSCH

Du bist echt lustig, Shinichi!
Wohl eher geschlagen.
Wusste gar nicht, dass du so offen bist.
Das kommt an?!
Und ich dachte, nur Babys pinkeln sich ein.
Tatsächlich hab ich heut zum ersten Mal gepinkelt, ich bin praktisch ein Baby.
Hahaha, ich versteh's zwar nicht, aber es ist witzig!
Wie kann ein Typ im Jogginganzug mit seinen Klostorys so gut ankommen?!
Buääh!
DO-MM!
Tesu...
Hier bist du!
RS
CH...

Was ist?
Kommst du mit ins Sushi Row?
2S

...
Äh... schon wieder Sushi?
Ich lad dich ein, hab einen Haufen Gutscheine!
Tut mir leid, aber ich esse bereits.
*Das muss das Arschloch sein!*

Die Desserts im Sushi Row sind auch cool!
Übrigens, lass mal deinen Line-Kontakt rüberwachsen, meinen hast du ja auf der Visitenkarte.
Wenn's jetzt nicht passt, können wir auch nach der Schule Sushi essen gehen.
Äh...
Ich kann nicht...
Weder dir meinen Line-Kontakt geben, noch mit dir Sushi essen.

Da hast du's, Arschloch! Das ist die Antwort der einzigartigen Tesu Sokura!
Und jetzt verpisst euch!
Wie?! Du wagst es, eine Einladung von Monji Akagawa auszuschlagen? Des stellvertretenden Vertreters von Jinanbo's?!
Stellvertretender Vertreter, haha!
Ich seh schon, das Sushi Row reicht wohl nicht.
Dann hab ich was anderes...
Bitte...
Ein Geschenk für dich!
FLAP
500
5000

Entschuldige...
Aber auch das kann ich nicht annehmen.
M... Moment...
Okay...
Dann eben so...
Bitte sehr!
So cool! Immer schön geradeheraus!

Wirst du's jetzt anneh- men?
SW OP
Argh...
Er be- rührt ihre Brust!

Nein!
GAPP
Schwein!
Hey!
ROMP
DATSCH

Öh...
Lass deine Griffel von ihr!
Autsch ...

Was fällt dir ein, Monji zu schlagen?!
Alles okay, Monji?
Das war fürs Grapschen!
Ich hab nicht gegrapscht ...
Und überhaupt, wie siehst du eigentlich aus?
Hast du dir die Hose vollgepisst?
Mr. Jogginganzug?

Ja, hab ich...
... Mr. Stellvertretender Vertreter.
Lass uns in Ruhe!
Genau! Sonst hol ich einen Lehrer!
Haha!
Soll ich jetzt Angst kriegen?

Du Piss-kopp!
WAP!!

GYUP

KEUCH
KNIRSCH
Ghh ...
!
Ja, gib's dem Penner!
...
Urgh ...
ZO
MMM
FWAP
PON
PON

DO MP
Argh...
Khh...
Monji! Alles okay?!
Hehe, alles bestens! See-igl, Thunfisch... esst, was ihr wollt!
Aber, Monji! Wir sind noch nicht im Sushi Row!

WOBBEL
Vergesst die Gutscheine nicht.
D... Danke ...
Ichigo...
Du bist Kampfsportle-rin. Das hat er nicht kommen sehen... und dann noch mit meinem Körper.
FLÜSTER
FLÜSTER
Sorry.
Shinichi! Das war unglaub-lich!
Danke! Sah echt toll aus!
...
Du bist ja voll stark!

Träum ich?!
Oder was?!
Aber, nein, Shin-ichi ist nicht stark...
Höchstens in Catan!
Catan? Das Brettspiel?
Haha, sprichst du immer von dir in der dritten Person?
Genau! Du kennst es?
Klar, wer nicht?
Ich bin voll an-gesagt!
Selbst bei Tesu!

Shinichi!
TSCHAK
Was war los? Hab gerade ein paar Jungs hier rausstürzen sehen.
Hahaha!
?
Noch einer im Jogginganzug! Hast du dich auch eingepinkelt?
Haben wir jetzt zwei Babys?
Ach, was, Shinichi hat doch sicher nur Spaß gemacht, oder?
Nein, wir haben uns beide bepinkelt, haha!
Hey, Moment! Ich nicht, ja?!
Hab nur ein bisschen abbekommen.

Kaum zu glauben...
... wie die Dinge jetzt stehen!

Etwa dass noch am selben Tag...
... Tesu in meinem Zimmer steht!

Kapitel 4: Heißer Twist
Genie und Wahnsinn liegen ja dicht beieinander...
TownMart

Schokolade? Wir haben doch schon Süßes.
Wo kann ich dieses Wesen einordnen?
Precky
太郎焼
Okay, dann Kartoffelchips?
GRMBL
GRMBL
Chips sind cool, für den salzigen Ausgleich.
Ich kann es immer noch nicht glauben...
Mart

Normalerweise würden sie dich in der Schule für so eine Pinkelnummer an den Pranger stellen.
Lass deine Griffel von ihr!
DO
MP
Argh ...
Khh...
Aber ich hab zu Hause noch mehr Brettspiele.
Doch irgendwie...
Cool! Will ich sehen!
JOHL
... ist das Gegenteil eingetreten!
KICHER
Jetzt ist sie, also ich, von Mädels umringt und schäkert mit ihnen herum.
Und das alles mit meinem Körper! Halleluja, welch ein Wunder!
Hey, Ichigo...

* Fisch-Sticks

Tesu...
... ist in meiner Bude!

* Gebäck in Fischform

Und das ist...
Catan! Mein Spiel!
CATAN
Shinichi ist der Champion des Viertels!
Wow!
Ach, ist doch nichts Besonderes.
Aber Ichigo! Was redest du da?
Wollen wir 'ne Runde spielen?

Ich hab noch Twister!
Lang nicht gespielt.
Twistuer
Twister? Kenn ich auch!
Nicht lieber Catan?
Aber Twister können wir alle!
Okay, dann später Catan.
Ich kann mir nicht helfen, irgendwas führt sie im Schilde!

Gut, spielen wir ein Turnier! Jeder gegen jeden!
Wer am Ende übrig bleibt, hat gewonnen!
Das Los entscheidet die Reihenfolgte!
GYUP
Einen Tick zu gut durchgeplant für ihre Verhältnisse.
Was führt sie im Schilde?!
Hier sind zwei Trefferlose drin. Diejenigen, die sie ziehen, spielen gegeneinander.
?!
Hah!
GYUP

Moment!
ぎゅう…
GYUP
Das hab ich dir früher mal.... Das ist nicht in Ordnung... Ich... äh...
Heh?
DRASSEL
Ichigo, was hast du denn plötzlich?
HS
Ach, nichts, ich hab nur laut gedacht.
PSS
DRASSEL
DRASSEL
Kann ich dich kurz sprechen?
Hm!

KLACK
カチャ
Ja, es stimmt...
ゴソ…
RSCH
Es ist der Trick, den du mir früher mal gezeigt hast!
Toll! Wie hast du das gemacht?!
Was ist denn schon dabei?!
WAP
Ich hab den Zettel, den du ziehen solltest, in der Hand behalten und zuletzt reingetan.
Das ist Betrug!

ZUCK
Und was ist daran auszusetzen?
PONSCH
Wem hast du's zu verdanken, dass du jetzt mit Tesu zu Mittag essen kannst?
Dir, Ichigo ...
Und dass du jetzt mit ihr so gut befreundet bist?
Auch dir...
Ach, und...
Wer war es...
... der sie mit hierhergebracht hat?
TUP
D...Du, Ichigo...

HYUSCH
Ich will doch nur eins...
Mit Yuto Twister spielen und ihm dabei ganz zufällig näherkommen.
Ist das so schlimm?
Nein...
Wie schmeckt es dir?
Gut...
Wir müssen zusammenarbeiten, Shinichi. Wir wollen es doch nicht noch schlimmer machen.
Okay...
Und somit ist entschieden…

... dass Ichigo gegen Yuto in die erste Runde geht.
Dann mal los, Yuto!
Ach, lass nur, ich mach die Modera-tion.
Tut mir leid, aber das Los hat entschie-den.
Ich spiel für Yuto!
Genau! Wenn Rino will, dann lass sie doch!
Jaaa!
Haa ...
Rechte Hand auf...

... ROT!
WA
AH
YEAH
Wider Erwarten nimmt das Spiel einen heißen Verlauf.
Mit Shinichis Kraft und Rinos Beweglichkeit nutzen beide ihre Vorteile und liefern sich einen ausgeglichenen Kampf!
WA
Doch was ist das?! Rino nähert sich bedrohlich Shinichis Schritt!
YA
Jetzt linke Hand auf blau!
LEFT FOOT
Linker Fuß
RIGHT HAND
RIGHT FOOT
Rechter Fuß
Oh mein Gott! Shinichi kommt in eine heikle Lage!

Mit meinem eigenen Körper hätt ich hier kein Problem...
Aber Shinichis ist einfach zu steif.
Nicht schlecht, Shinichi ...
Aber die nächste Stellung schaffst du nicht!
Der Sieg ist mein!
Schachmatt!
WAP
Uuund Shinichi hat verloooren!

Ts...
Er kann sich nicht mehr bewe-gen!
Sein Körper gibt es nicht mehr her, die linke Hand zu setzen!
Die Siegerin heißt Rino!
Uooo ...
HNNG
GNORK
Oder halt! Geht da doch noch was?
Shinichi hat noch nicht aufgegeben! Doch was hat er vor?!

KNACK
Uhh
...
Aua!
Auu...
DOMP!
Tut das weh!
Jetzt steht es fest...
Rino hat gewonnen!
SCHLUCHZ

Shinichi! Hast du dir wehgetan?!
ザワ
MURMEL
Uuh... verdammt ...
So kurz vorm Ziel!
SCHLUCHZ
Nächstes Mal zeig ich's euch!
Aber es war ein schöner Kampf.
PAD
Nun sind wir dran, Ichigo.

BADAM

Wow, eine Begegnung auf hohem Niveau!
WAAAA
WAAAA
Die beiden überzeugen durch Stärke und Dehnbarkeit!
BA
Wow!
Wie gut ich mich bewegen kann!
DAM
Haha!
Das gewinn ich!

?!
Die Gurke!

Mist, sie ist aus dem Karton geflohen!
KREISCH
JOHL
Hat unser Geschrei sie hergelockt?!
Hör auf rumzufuchteln, Mann!
TSCHHK
Komm bloß nicht her!
BLINZ
Sieht aus, als will sie dabei sein! Hau ab!
Verschwinde!
Wenn dich jemand sieht!
Linker Fuß auf gelb!
Hah...

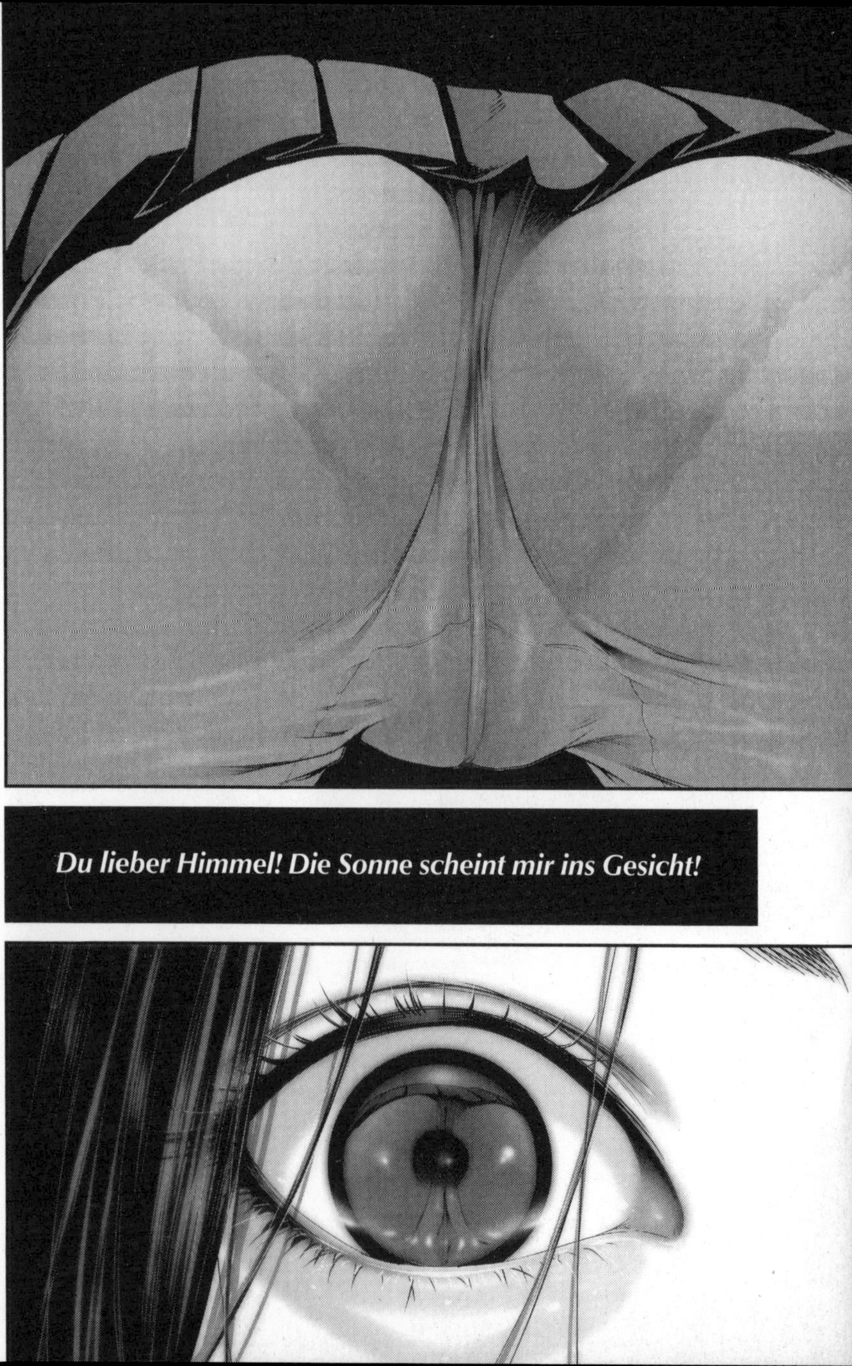
Du lieber Himmel! Die Sonne scheint mir ins Gesicht!

Tesus Po...
Direkt vor meiner Nase!

SWOP
Ich fass es nic
SLURSCH

ZZT
Sorry, mein dicker Hintern ist im Weg!
Linker Fuß auf gelb, Tesu hat's geschafft!
ÄH
YE
Ichigo bleibt regungslos!
ÄH
WA
Hah ...
Da ist man einmal abgelenkt...
Was zum...! Sie ist direkt hinter uns!

Und frisst Taroyaki!
MAMPF
MAMPF
WAA
太郎焼*
WAA
Ist ja eklig! Eine wandelnde Goyagurke frisst Taroyaki und sieht uns bei Twister zu!
Ich muss den Kampf beenden und was tun!
MAMPF
MAMPF
Halt, nein! Solange ich kämpfe, ist alle Aufmerksamkeit auf uns gerichtet, keiner wird sie bemerken!
Ich muss sie unauffällig schnappen!

Erst mal Augenkontakt zu Ichigo herstellen.
Jaaa! Mach sie!
Unmög-lich!
Solange sie brüllend und mit blutunter-laufenen Augen dem Spiel folgt, hab ich keine Chance.
Wie stell ich's an?!
Wie?!
AMPF
MAMPF
太郎焼
Verdammte Gurke!
JOHL
Wird Ichigo aufgeben? Und Tesu gewinnen lassen?
KREISCH
Ich hab keine Zeit zu verlie-ren!

HYUMMMM
Da! Eine unerwartete Aktion!
HYUP
Doch was soll sie bezwecken?!
HYUP
Wenn ich richtig tippe...
ZZZ
Dann...

... steht dieses Ding auf Taroyaki!
Jedenfalls sieht es glücklich damit aus.
So glücklich, wie Ichigo damit aussieht.
Guck mal, was ich habe!
Komm schon... solange die anderen abgelenkt sind!
Hey, was macht Shinichi denn da?! M...Mein Höschen!

Man kann es sehen!
Das zerlumpte Höschen aus Grundschulzeiten!
Wenn Yuto das sieht! Das darf auf keinen Fall passieren!
Keine Ahnung, was sich Shinichi dabei denkt, aber ich darf das nicht zulassen!
Ist das seine Rache für vorhin?
Äh, Yuto...

* Japanischer Unterhaltungskünstler

Was ist das?!
Eine Goyagurke?!
MAMPF
MAMPF

Scheiße, sie hat sie entdeckt!
Was macht die hier?
Voll krass, sie...
DONNER ...
Es ist aus!
BLAM
Kyah!

NEWS
Reisende sitzen im Raum Kanto fest.
Eilmeldung
Verkehrschaos durch Starkregen
Für die gesamte Kanto-Region besteht eine Unwetterwarnung mit Flutgefahr...
Sämtliche Gewässer drohen überzulaufen, bitte halten Sie sich von Flüssen und Bächen fern.
Meine Eltern schreiben, sie übernachten im Hotel.
Meine auch...
Niemand weiß, wann die Bahn wieder fährt.
Ein Glück, durch das Gewitter ist die Gurke kein Thema mehr.
Shinichi ...
Kann ich bei dir schlafen?
Komm ja nicht mehr nach Hause.
Klar!
Super, danke!
HSSS

Wir auch?
Wir haben dasselbe Problem.
Was ist mit dir, Ichigo?
SCHOCK
Klar, kein Problem.
Juhu!

HS
Ss
Kochen wir uns erst mal was.
Au ja!
Hab 'nen Bärenhunger!
Danach spielen wir weiter Twister, ja?
Haha!
Was ist eigentlich 2-26?
...
Ichigo...

Alles okay bei dir?
Hah
A... Alles gut, danke!
Richtig, andere wollen vorm Essen vielleicht auch noch mal rein...
Hehe, hab meine Sachen zum Wechseln liegen lassen.
Du hast nicht geantwortet, da hab ich mir Sorgen gemacht.
Ich muss mal ans Waschbecken.
Klar, bitte...
Nach diesem turbulenten Tag arbeitet mein Kopf nicht mehr richtig.
Sag mal...

Ob ich's Shinichi sagen soll?
SCHOCK
SLUP
Wusste gar nicht, dass er so ein cooler Typ ist.
Und Kraft hat er auch.

Ein Liebesgeständnis?!
An mich?!
HS
SS

Endlich gefunden ...
Fortsetzung folgt...

## FUTARI SWITCH für alle!

Jetzt wird's grün, krumm und gurkig! Wir rufen alle Zeichenfans auf: Zeigt uns eure lustigsten, schrägsten und schönsten Gurken! Ob tanzende Gurke, Gurke im Weltall, eine Gurken-Gang oder einfach nur die Gurke in ihrer ganzen Pracht - lasst eurer Fantasie freien Lauf!
Schickt eure Gurken per Post an:

Carlsen Verlag GmbH
Stichwort: Hayabusas beste Gurken
Völckerstraße 14-20, 22765 Hamburg

Also ran an die Stifte - euch erwartet ewiger Gurkenruhm!

**FUTARI SWITCH** ist eine japanische Serie, die gurkengetreu von »hinten« nach »vorne« und von rechts nach links gelesen wird! Schlagt die Gurke also »hinten« auf und blättert Seite für Seite nach »vorne« weiter! Auch die Bilder und Sprechblasen werden von rechts oben nach links unten gelesen! HAYABUSA wünschen gurkige Unterhaltung!

HAYABUSA
2025 Carlsen Verlag GmbH, Völckersstraße 14-20, 22765 Hamburg
Aus dem Japanischen von Jens Ossa

Redaktion: Germann Gurkmann · Produktionsmanagement: Maria Gurkmann
 · ISBN: 978-3-551-62504-5